Le mystère du chaudron

Premières lectures

À *Louise et à Axel.*
J. R.

* Je commence à lire tout seul.
Une vraie intrigue, en peu de mots, pour accompagner
les balbutiements en lecture.

** Je lis tout seul.
Une intrigue découpée en chapitres pour pouvoir faire
des pauses dans un texte plus long.

*** Je suis fier de lire.
De vrais petits romans, nourris de vocabulaire et de
structures langagières plus élaborées.

————

Isabelle Rossignol a toujours rêvé d'être une
sorcière… gentille. Alors, elle l'a inventée. Mais
comme elle adore les blagues, elle a aussi inventé
Suzy. C'est un peu elle quand elle était petite.
Aujourd'hui, elle est grande (mais pas vieille) et elle
vit à Paris. Elle adore cette ville. Elle adore la vie.
Et l'écriture bien sûr!

Julien Rosa aime bien les sorcières. Quand on fait
une bêtise, elles savent toujours la défaire. C'est
pour cela qu'il a pris plaisir à illustrer SOS sorcière.

Responsable de la collection :
Anne-Sophie Dreyfus
Direction artistique, création graphique
et réalisation : DOUBLE, Paris
© Hatier, 2013, Paris
ISBN : 978-2-218-96951-5
ISSN : 2100-2843

Achevé d'imprimer en France par Clerc
Dépôt légal : 96951 - 5/01 - mai 2013

PAPIER À BASE DE
FIBRES CERTIFIÉES

Hatier s'engage pour
l'environnement en réduisant
l'empreinte carbone de ses livres.
Celle de cet exemplaire est de :
150 g éq. CO_2
Rendez-vous sur
www.hatier-durable.fr

SOS
sorcière

Le mystère du chaudron

écrit par Isabelle Rossignol
illustré par Julien Rosa

HATIER
POCHE

Suzy, sa famille et ses amis sont des sorciers.

Rose est la plus forte et la plus gentille des sorcières.
Elle sauve tout le monde.

1

Les préparatifs

Aujourd'hui, c'est la kermesse. Dans la cour de l'école, Suzy et Louise préparent une soupe géante pour les parents.

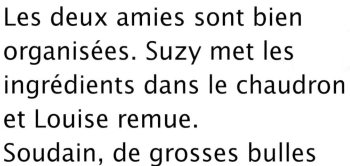

Les deux amies sont bien organisées. Suzy met les ingrédients dans le chaudron et Louise remue.
Soudain, de grosses bulles apparaissent. «Gloup, gloup», font-elles.
«Bizarre, dit Suzy.
– Et regarde!», crie Louise.

Le chaudron vient de sursauter.
«Vite! crie de nouveau Louise.
Allons le dire à la maîtresse!»
Mais à ce moment-là les bulles
disparaissent.
Soulagées, les deux amies
reprennent leur préparation.

2
Les sauts

Quelques instants plus tard,
la soupe est prête.
«Mmmmm, dit Suzy. Elle est
délicieuse.»

Louise veut la goûter à son tour.
Elle prend sa cuillère, mais le
chaudron fait un bond.

Puis un autre. Un bond énorme.
Et le voilà sur le toit de l'école!

«Catastrophe! s'affole Louise.
La soupe va couler.»
En effet, elle coule sur les tuiles,
le mur, les volets.

«Il faut rattraper le chaudron!
hurle Suzy. Allons chercher une
échelle!»

Trop tard! Le chaudron saute une troisième fois. Et il se retrouve sur la cheminée.

Maintenant, il est vraiment trop haut. Et la soupe continue de couler. Et les parents commencent à arriver...

Que faire? Suzy ne voit qu'une
solution. Elle crie :
«SOS sorcière!»

3
Changement de programme

Dans la seconde, Rose surgit sur sa moto.
«Me voici, me voilà! Que puis-je faire pour vous?»

Suzy lui explique la situation.
«Tout est raté, se lamente-t-elle.
– Mais non, la rassure Rose.
Qu'avez-vous mis dans votre
soupe? Le problème vient
peut-être de là.»

Suzy explique :
«Des pétales de tournesol,
de l'huile de bouton d'or, des
citrouilles, des citrons et...»
Rose la coupe :
«... De la moutarde?

– Non, non, intervient Louise,
il n'y en a pas dans cette soupe.
– J'en ai quand même mis un peu,
avoue Suzy. Je voulais inventer.

– Malheureusement, explique Rose, le citron mélangé à la moutarde donne le hoquet aux chaudrons. Ne vous inquiétez pas, je vais arranger ça.»

De la poche de sa salopette, Rose sort une harpe. Dès qu'elle joue, le chaudron bouge un peu.

Puis il vole et vient se poser à ses pieds. Là, il danse au son de la musique.

«C'est très beau, dit Suzy. Mais
nous n'avons plus de soupe.
– Vous avez mieux, réplique
Rose. Écoutez mon idée!»

4
Le spectacle

Dans la cour, tous les parents sont arrivés. Louise et Suzy sont sur la scène, le chaudron entre elles.

Suzy s'approche du micro.
«Bonjour. Nous allons vous
présenter un numéro unique.»

Dans le ciel, Rose reprend sa harpe. Aussitôt, le chaudron fait un pas de danse. Puis, il valse en suivant la musique.

À la fin du numéro, tout le monde applaudit. Suzy et Louise sont très heureuses. Pourtant, elles n'oublient pas Rose.

«Merci, lui lancent-elles. Au revoir.»

Rose leur sourit. Et sa moto disparaît derrière un nuage.

29

jeu

*Peux-tu classer les **chaudrons** suivants
dans l'ordre de leur apparition dans l'histoire?*

1

2

3

4

5